Tope là !

Catalogage avant publication de Bibliothèque et Archives
nationales du Québec et Bibliothèque et Archives Canada

Mercier, Johanne

   Tope là!

   (Le Trio rigolo ; 27)
   Pour les jeunes de 10 ans et plus.

   ISBN 978-2-89591-173-9

   I. Cantin, Reynald. II. Vachon, Hélène, 1947-   . III. Rousseau, May, 1957-   .
IV. Titre. V. Collection: Mercier, Johanne. Trio rigolo ; 27.

PS8576.E687T663 2013   jC843'.54   C2012-942164-2
PS9576.E687T663 2013

Dépôts légaux : 1er trimestre 2013
Bibliothèque nationale du Québec
Bibliothèque nationale du Canada
ISBN 978-2-89591-173-9

© 2013 Les éditions FouLire inc.
4339, rue des Bécassines
Québec (Québec) G1G 1V5
CANADA
Téléphone : 418 628-4029
Sans frais depuis l'Amérique du Nord : 1 877 628-4029
Télécopie : 418 628-4801
info@foulire.com

Les éditions FouLire reconnaissent l'aide financière du gouvernement
du Canada par l'entremise du Programme d'aide au développement de
l'industrie de l'édition (PADIÉ) pour leurs activités d'édition.

Elles remercient la Société de développement des entreprises culturelles du
Québec (SODEC) pour son aide à l'édition et à la promotion.

Elles remercient également le Conseil des Arts du Canada de l'aide accordée
à leur programme de publication.

Gouvernement du Québec – Programme de crédit d'impôt pour l'édition de
livres – gestion SODEC.

IMPRIMÉ AU CANADA/PRINTED IN CANADA

Tope là !

AUTEURS ET PERSONNAGES :

JOHANNE MERCIER • *Laurence*
REYNALD CANTIN • *Yo*
HÉLÈNE VACHON • *Daphné*

ILLUSTRATRICE :

MAY ROUSSEAU

Le Trio rigolo

LAURENCE

«À partir d'aujourd'hui,
j'aurai une admiration sans
bornes pour les mascottes.»

Je n'aurais jamais dû toper. Impossible de faire marche arrière, maintenant. J'ai donné ma parole. Je suis piégée. Je suis perdue.

Mon drame a commencé cet après-midi. Vers 15h30. Quand Guillaume Gamache est arrivé à mon casier l'air complètement catastrophé.

– J'ai vraiment besoin que tu m'aides, Laurence. C'est une question de vie ou de mort.

Gamache a besoin que je lui sauve la vie 20 fois par semaine. Je ne me suis pas trop inquiétée.

– J'ai un contrat avec l'Agence demain matin, mais je reviens du lac des Brumes seulement vers 11 heures.

– Laisse tomber ta visite au lac des Brumes.

– Laisser tomber l'anniversaire de mémé Gamache, 97 ans ?

Guillaume a toujours des arguments à vous fendre le cœur.

– Peux-tu me remplacer, Laurence ? Juste deux petites heures…

– Jamais !

– Si je m'absente, je perds les 33 autres contrats. Ils m'ont prévenu. Déjà que la patronne est sévère…

– Impossible, Guillaume. Je suis beaucoup trop timide.

– Mais personne ne va savoir que c'est toi. Je te donne ma paie de la journée ! C'est un bon marché, ça, non ? Mieux ! Je double le montant !

Un petit silence a suivi sa deuxième proposition.

– Ça ferait combien ?

– C'est 9,90 $ de l'heure fois 5 heures multiplié par 2.

J'ai fait la multiplication, j'ai arrondi rapidement et comme je suis arrivée à un montant tout près de 100 dollars et que gagner 100 dollars, dans la vie, ce n'est pas rien, j'ai échappé un petit sourire.

Gamache l'a attrapé.

– Génial ! Je t'adore, Laurence !

– J'ai pas dit oui.

– Tope là !

J'ai craqué.

Demain matin, moi, Laurence Vaillancourt, je serai la mascotte officielle des jeux de Saint-Félix au centre récréatif.

Quelqu'un a déjà connu pire cauchemar ? Sûrement pas. Il n'y a que moi pour me retrouver dans un pétrin pareil.

Moi, une mascotte…

Gamache doit m'apporter le costume chez moi avant de partir pour le lac des Brumes, ce soir. Je lui ai demandé d'être hyper discret. Je ne veux surtout pas que ma famille soit au courant de cette histoire de mascotte.

– Camoufle le déguisement dans un sac et passe par la cour arrière, Guillaume.

Il m'a regardée bizarrement.

– Euh… Tu n'as jamais vu le costume, Laurence… C'est pas mal trop gros pour entrer dans un sac.

– Ça ressemble à quoi?

Une horreur!

Impossible de reconnaître l'animal. Un mélange de chien-ours-orignal-mouffette brun poilu en culottes courtes rose et jaune avec de grosses lunettes et une longue queue qui devait être blanche au départ, mais qui a traîné dans trop de gymnases. La mascotte a été créée à partir d'un dessin d'enfant de six ans. On avait ouvert un grand concours, paraît-il. Si cette bibitte a remporté le premier prix, je n'ose pas imaginer les autres œuvres… Non seulement la bête n'est pas très sympathique, mais sa tête est énorme. Complètement disproportionnée par rapport au corps. Je vais faire comment, moi, demain matin, pour partir de la maison discrètement, habillée en gros machin poilu ?

Mais ce n'est pas ma plus grande angoisse...

– Une fois là-bas, qu'est-ce que je dois faire, exactement ?

– Rien, Laurence ! C'est la beauté du contrat. Tu entres au centre récréatif en mascotte avant que les enfants arrivent. Tu restes cachée dans le petit local au fond de la salle. Quand tu entends la chanson thème (il me la chante), tu sors du local et tu fais le tour de la grande salle en dansant.

– En DANSANT ?! Tu ne m'as jamais parlé de danser !

– Arrête de paniquer, tu bouges n'importe comment, tu envoies des bisous, tu poses ta grosse patte sur leurs petites têtes. Ensuite, les parents vont prendre des centaines de photos de leur enfant avec la mascotte.

– C'est tout?

– C'est tout. Moi, j'arrive à 11 heures, on se change et personne n'aura jamais rien su de notre plan.

– J'ai tellement le trac.

– N'importe qui peut faire la mascotte, Laurence…

– Pourquoi t'as pas demandé à n'importe qui, alors?

Le père de Guillaume klaxonne.

– Faut vraiment que j'y aille! À demain, Laurence! Merci! Merci! Merci!

Je reste seule avec la bibitte en fausse fourrure étendue sur le plancher de ma chambre.

Je me demande si elle a déjà été lavée.

D'après l'odeur, je ne pense pas.

J'ai essayé de me calmer. Toute la nuit. Je ne pourrai pas respirer normalement tant que l'animation ne sera pas terminée. Tant que Guillaume Gamache n'aura pas pris sa place dans le costume. Tant que je ne serai pas chez moi en train de profiter de mon samedi tranquillement.

J'ai eu du mal à m'endormir, mais à 6 heures, je n'ai pas entendu la sonnerie de mon réveille-matin. J'ai sursauté à 7 h 45.

À 8 h 30, je dois être au centre récréatif !

Et comme les membres du comité organisateur des jeux de Saint-Félix ne doivent absolument pas savoir qu'à l'intérieur de la mascotte, ce n'est pas Gamache, mais moi, je n'ai pas le choix d'arriver DANS le costume !

Je n'ai pas le temps de déjeuner. Je n'ai pas faim, de toute manière. J'ai perdu un temps fou à essayer de monter la fermeture éclair dans mon dos et à enlever mes cheveux coincés dans le velcro censé retenir la tête qui pèse une tonne. Maintenant que j'ai réussi à tout bien fixer, pas question de sortir de là.

J'ai hâte à 11 heures. J'ai hâte à 11 heures. J'ai hâte à 11 heures.

Je sors de ma chambre, discrètement, sur la pointe des pieds. Je ne veux réveiller personne.

– Aaaaaaaaaaaaaaaaaah ! Un monstre !

J'oublie toujours que mon petit frère se lève tôt.

Évidemment, dix secondes plus tard, ma famille, en pyjama, se tient devant la mascotte, les bras ballants et la bouche ouverte. Génial, pour quelqu'un qui rêvait de passer inaperçu. Mon petit frère Hugo est sous le choc. Je pense sincèrement qu'il est marqué à vie et qu'il ne pourra plus jamais se lever le matin sans être accompagné, au cas où le gros monstre en fourrure réapparaîtrait dans la cuisine. Mon frère Jules a plutôt l'air dans le coma, je suis certaine qu'il ne se souviendra de rien quand il se réveillera tout à l'heure.

Ma mère semble découragée. Je la comprends un peu. Trouver sa fille en costume de chien-ours-orignal-mouffette brun poilu en culottes courtes rose et jaune avec de grosses lunettes et une longue queue qui traîne au milieu de la cuisine, à 8 heures, un samedi matin, c'est sans doute un peu troublant.

Alors je lui raconte rapidement le dilemme de Guillaume. Sa mémé de 97 ans et toute l'histoire.

18

– Si je refusais, Guillaume perdait un gros contrat payant, maman. Je lui rends un petit service.

– C'est très généreux de ta part, Laurence, mais faire la mascotte...

– Viens-tu me reconduire ? J'ai peur d'être en retard.

On a bien essayé, ma mère et moi, mais le costume ne passait pas dans la portière de la voiture. Déguisée de la sorte, je ne peux absolument pas m'asseoir à cause de la bourrure du bedon. Et comme je n'ai plus le temps d'enlever et de remettre le costume, vu la complexité de l'opération, je pars à pied.

Je passe par les petites rues.

Heureusement, de chez moi jusqu'au centre, je n'ai croisé qu'un camelot, qui a vite changé de trottoir quand il m'a aperçue.

Normal. J'aurais fait comme lui.

Je pousse la porte du centre récréatif. Ouf ! Pile à l'heure ! Dans le couloir, je rencontre un homme qui balaye le plancher en sifflotant. Le concierge, sans doute. Il n'a pas l'air surpris de voir la bête.

– Salut, Guillaume !

Je lui fais un petit signe de la main pour le saluer.

– Le local est débarré !

Je lève le pouce.

– On fera pas la même gaffe que l'autre jour, hein ? Je vais t'apporter les ballons après ton numéro de la banane.

Je panique un peu, là.

Guillaume Gamache ne m'a jamais parlé de numéro de la banane ni de ballons ! Il m'a caché beaucoup de détails comme ça ?

– Coudonc, Guillaume, le chat t'a-t'y mangé la langue ?

Je lève le pouce et je file vers la grande salle.

J'ai déjà chaud.

Un costume de mascotte, c'est comme une journée de canicule sans piscine. Personne ne sait à quel point les gens qui sont là-dedans sont des héros. À partir d'aujourd'hui, j'aurai une admiration sans bornes pour les mascottes.

Dans la grande salle d'activités, tout est prêt pour faire la fête. Des tables, des banderoles, des jeux, des bidons de jus, des verres en styromousse, une machine géante pour faire du maïs soufflé. Quand Guillaume me parlait des jeux de Saint-Félix, j'imaginais une compétition sportive importante, une sorte d'olympiade.

Je comprends, en faisant un tour rapide des lieux, qu'on y jouera aux poches, aux cerceaux, aux quilles en plastique, au lancer du petit pois. Bref, des jeux pour enfants d'âge préscolaire.

La ligue du samedi matin pour les petits de trois à cinq ans.

Misère ! J'entends des cris.

Déjà !

Les enfants sont sur le point d'envahir la salle. Je file dans une petite pièce qui est, je l'espère de tout cœur, le local dont me parlait Guillaume. L'important, pour le moment, c'est que personne ne me voie.

Je révise mon plan de match en tremblant : aussitôt que j'entendrai la chanson thème, je sortirai du petit local et je ferai un tour de salle. Ensuite, je tiendrai la pose pour les photos. Je dirai « bye bye ». J'enlèverai mon costume, je partirai, ni vu ni connu, Gamache reviendra pour la deuxième partie et à moi les 100 dollars !

La salle est déjà pleine. Les enfants courent partout. J'entrouvre la porte pour les observer. Vite comme ça, je dirais qu'ils sont environ 7850.

L'enfer !

Une dame, petite mais corpulente, s'approche du micro. Elle se présente : Rita Demers, présidente et animatrice en chef des jeux du samedi matin pour les tout-petits. Personne ne l'écoute.

Elle essaie évidemment de faire taire tout le monde du mieux qu'elle peut, mais c'est une mission impossible.

Elle finit par présenter l'horaire de la journée. Elle promet des prix, un tirage, des cadeaux, des surprises, mais avant de commencer les jeux, elle demande aux enfants s'ils ont hâte de voir Groucho.

– Ouiii ! hurlent les petits, déjà surexcités.

– Est-ce qu'on l'appelle, les amis ? Allez ! On crie très fort : Groucho ! Groucho ! Groucho !

Qui est Groucho ? Je suppose que c'est leur animateur. Chose certaine, les enfants ont l'air de l'aimer. Enfin, si j'en juge par leurs hurlements...

– GROUCHO ! GROUCHO ! GROUCHO ! GROUCHO ! GROUCHO ! GROUCHO ! GROUCHO ! GROUCHO !

Malheureusement, Groucho n'arrive pas. À mon avis, il faudrait l'oublier. Passer à autre chose. Mettre la chanson thème, peut-être? J'ai hâte d'en finir!

– GROUCHO! GROUCHO! GROUCHO! GROUCHO! GROUCHO! GROUCHO! GROUCHO! GROUCHO!

– Plus fort, les enfants! Il est peut-être endormi, notre ami Groucho...

– GROUCHO! GROUCHO! GROUCHO!

C'est un peu long, tout ça. Les enfants vont perdre patience. Et moi aussi.

– GROUCHO! GROUCHO! Groucho! Groucho! Groucho...

L'intérêt baisse. Les enfants reluquent plutôt le maïs qui éclate dans la grosse machine vitrée. Ils quittent leur place et commencent à toucher à tout. L'animatrice tente de rapailler la meute, mais sans succès.

Avec tout ce vacarme, moi, je commence à avoir peur de ne pas entendre la chanson thème... S'il fallait que je rate mon entrée, ce serait la catastrophe.

La dame revient au micro et s'époumone :

– Je pense que Groucho joue à cache-cache, ce matin, les copains. Voulez-vous qu'on le cherche ensemble ?

Décidément, elle ne renonce pas facilement, Rita Demers.

Elle se dirige à petits pas vers une espèce de garde-robe en décrivant tout ce qu'elle fait :

– On regarde dans l'armoire à balais ? (elle ouvre une porte) Eh non ! Groucho n'est pas là. On regarde derrière les rideaux ? (elle fait bouger les rideaux) Eh non ! Il n'est pas là ! On regarde dans la poubelle ? (Elle fouille vraiment dans la poubelle!) Non plus. Oh! Oh! Oh! Mais, j'y pense! Peut-être que notre ami Groucho est caché dans le petit local?

Elle a dit le petit bocal ou le petit local?

C'est pas vrai? Elle avance vers la pièce où je suis! Hé ho! On recule, madame Rita! Il n'est pas ici, votre Groucho! Vite! Je dois me cacher. Mais où? Comment peut-on se camoufler quand on est gros comme deux ours polaires?

L'animatrice ouvre la porte et comme je n'ai toujours pas trouvé de solution pour me faire disparaître, les enfants me voient et se mettent à hurler:

– GROUCHOOOOOO! OUAIS!

Hein? C'est moi, Groucho?

Rita Demers est furieuse. Elle me dit froidement, mais avec des yeux de feu:

– On peut savoir ce que tu fais, Guillaume Gamache? Tu n'entendais pas les enfants hurler?

– …

– On a un petit problème de surdité, ce matin?

– …

– On dort encore? On s'est couché trop tard, peut-être?

Je suis paralysée.

Et elle ajoute tout bas:

– C'est ta dernière journée d'animation, mon p'tit gars. Tu nous apportes un nouveau problème chaque semaine! C'est assez!

Je ne bouge pas. Je ne respire plus. Bref, je ne vais pas très bien. Rita Demers vient de congédier quelqu'un qui n'est pas là et moi, j'ai accepté d'être ici justement pour éviter ça.

28

Elle se tourne vers les enfants et hurle en forçant un sourire :

– On accueille notre beau Groucho, les copains ?

– Oui ! font-ils en chœur.

– Musique !

La fameuse chanson thème commence. Rita me pousse littéralement hors du local et je fais aussitôt quelques steppettes de mascotte timide en évitant de justesse le fil électrique qui relie la prise à la machine à maïs soufflé.

Les jeunes connaissent toutes les paroles et chantent à tue-tête. C'est très impressionnant. Je finis par me laisser prendre au jeu. Et même si je fais un peu n'importe quoi, je comprends rapidement que j'ai un succès fou auprès des enfants.

Incroyable...

Chaque fois que j'exécute un nouveau mouvement, les enfants éclatent de rire. Quel bon public! Plus j'en mets et plus je m'amuse et plus ils rigolent et plus j'en mets.

Une grande question existentielle monte alors en moi: et si j'étais née pour être une mascotte?

Après le deuxième couplet, je me souviens vaguement d'une chorégraphie que j'ai montée avec Geneviève en quatrième année. J'adapte les mouvements en fonction de ma grosseur. Les enfants m'imitent. C'est le délire. Même Rita Demers a l'air d'apprécier. Quand la musique s'arrête, je la vois applaudir chaudement. Je suis bien contente que ce soit terminé. La première partie de mon contrat est réussie.

C'est l'heure des photos, maintenant. Tout va bien.

– Hé ! Les amis ?
hurle l'anima-
trice en chef
au micro.
Voulez-vous
que Groucho
danse encore
avec vous ?

– Ouiiii !

Elle passe à côté
de moi et cette
fois, je
l'entends
me dire
tout bas :

– Super,
Guillaume ! Tu
viens de te faire
pardonner. Tu
n'as jamais été
aussi bon.

Elle remet la musique. C'est parti. Je n'ai pas le choix.

Je me déhanche tellement que j'entends une espèce de craquement dans mon costume. Le velcro ne tient plus très bien. La tête est sur le point de tomber. Et je suis sur le point de tomber moi aussi.

J'ai mal au cœur. J'ai chaud. Je n'en peux plus. J'aurais dû déjeuner, ne pas mettre mon gros chandail à capuchon et m'hydrater.

Quand la chanson thème se termine enfin, je suis au bout du rouleau. Rita Demers, au micro, me demande de faire mon classique numéro de la pelure de banane.

Les enfants applaudissent déjà.

Alors, j'improvise un truc. Je fais le Groucho qui épluche une banane, qui mange une banane, qui jette la pelure, qui glisse et... qui s'effondre sur le dos.

Tonnerre de rires. Un autre de mes grands succès. Même le concierge qui apporte les ballons est tordu de rire.

Le problème, c'est qu'une fois étendu sur le plancher, Groucho est incapable de se relever. Je suis beaucoup trop lourde. Et comme je reste au sol, et que pour les enfants, je ne suis sans doute qu'une vieille carpette en fourrure qui ne connaît pas la douleur, ils ont l'idée géniale de s'empiler sur moi. C'est fou comme on respire bien quand une douzaine d'enfants de quatre ans jouent au roi de la montagne sur notre bedon.

J'ai beau me débattre, rien n'y fait. Rita Demers et le concierge finissent par comprendre que rien ne va plus. Ils s'approchent tous les deux et ordonnent aux enfants de reprendre leur place.

Ils arrivaient un quart de seconde plus tard et je n'étais plus de ce monde.

Ils me relèvent avec peine, sans se douter du drame que je vis à l'intérieur. Une fois remise sur pied, je tente de quitter la salle en douce, mais les mamans se ruent vers moi avec leur appareil photo.

Petite séance.

Ce qui est formidable, quand on est une mascotte, c'est que même si on pleure à l'intérieur, sur la photo, on affiche toujours un beau grand sourire.

Au bout de dix minutes, j'abandonne tout le monde. J'envoie des bisous aux enfants et je titube lentement en direction de mon local. Je n'ai pas le temps de l'atteindre.

La salle se met à tourbillonner. Le son vient de loin. Tout le monde semble parler au ralenti. Il me faudrait un verre d'eau, un petit quelque chose à manger, une chaise, un lit, une doudou, des vacances...

Quand je rouvre les yeux, le concierge, Rita Demers et Gamache sont à mon chevet. Je suis étendue sur une chaise longue de résine blanche inconfortable, avec un papier brun mouillé sur mon front. Le costume de la mascotte est sur la table. La tête de la bête trône sur le bord de la fenêtre.

J'ai tout raté.

– Je m'excuse d'avoir perdu connaissance.

C'est la première phrase que j'arrive à prononcer.

– T'as quand même de l'avenir dans le monde de la mascotte, ma petite fille! fait le concierge, qui songe peut-être à devenir mon gérant.

Je ne dis rien.

Je suis étonnée d'avoir survécu. Heureuse d'avoir un avenir. Contente que l'épreuve soit terminée.

Gamache reste silencieux.

Je ne sais pas précisément comment c'est arrivé, mais on me raconte qu'une mascotte qui s'évanouit, ça ne passe pas inaperçu, surtout quand elle fait valser une machine à maïs soufflé devant 300 enfants en panique.

Je me lève.

Rita Demers annonce à Gamache qu'il est congédié et que ce n'est pas la peine d'insister ni de demander sa dernière paie.

Nous sortons du centre récréatif, lui et moi, sans rien ajouter. Je ne peux m'empêcher de penser que 0 x 5 x 2 donnera toujours 0 et que j'ai tout perdu.

Je risque tout de même une petite question avant de quitter Guillaume :

— Mémé Gamache était contente de son anniversaire, au moins ?

— Elle m'a dit de ne pas oublier de te remercier, Laurence.

YO

« Au beau milieu du parc, un panneau vertigineux nous cache le soleil et la moitié du ciel! Dessus, on peut voir un gâteau d'anniversaire géant, couvert d'un épais glaçage bleu écœurant... le tout garni de Smarties disposés en forme d'immenses lettres...

Impossible de déchiffrer les mots. »

L'été achève et les camps de vacances, c'est juste de vieux souvenirs[1]. Il reste seulement une semaine avant l'école et on n'a plus grand-chose à faire, Mo, Ré et moi.

Alors, chaque matin, tous les trois, on se donne rendez-vous au parc, au bout de la rue, afin de décider comment occuper notre grande journée.

Quand il pleut, c'est simple, on s'en va dans le sous-sol chez Mo pour répéter nos chansons. On s'appelle les

---

1. Voir *Ma première folie* et *Méchant défi!*

KaillouX et notre répertoire se limite encore à trois ou quatre morceaux faciles. On s'améliore.

Mais quand il fait beau, comme aujourd'hui, c'est plus compliqué. Il faut se mettre d'accord sur ce qu'on va faire. Parfois, c'est difficile. Ré et moi, on s'entend toujours assez vite. Le problème, c'est Mo...

Hier, justement, il faisait beau et il voulait qu'on loue le dernier *Flash McQueen*. Moi, je trouvais ça bébé... et surtout, pas question de m'encabaner devant la télé quand il fait beau dehors ! Ré non plus.

Alors, le Mo, il cède et il nous suit...

Ou bien il reste tout seul dans son parc.

Mais en général, nos discussions se terminent bien, on finit par se mettre d'accord et...

– Tope là !

Trois mains se frappent dans le ciel du parc. C'est comme un contrat signé... comme un pacte qui nous unit pour la journée. Chaque fois, notre trio se renforcit. Notre amitié aussi.

Et on est des KaillouX plus que jamais !

Ce matin, justement, il fait super beau soleil et on se retrouve comme d'habitude au parc. Comme d'habitude aussi, on discute afin de décider quoi faire pour se désennuyer. Tout à coup... paf !

Nous voilà tous les trois dans l'ombre !

Surpris, on lève la tête...

Au beau milieu du parc, un panneau vertigineux nous cache le soleil et la moitié du ciel ! Dessus, on peut voir un gâteau d'anniversaire géant, couvert

d'un épais glaçage bleu écœurant…
le tout garni de Smarties disposés en
forme d'immenses lettres.

C'est vraiment gigantesque. Franchement, je n'ai jamais vu une aussi grande
affiche de toute ma vie… en tout cas,
jamais d'aussi près. Elle doit faire au
moins trois étages de haut et quatre
maisons de large. À côté, on doit avoir
l'air de Lilliputiens qui essaient de lire
la phrase en Smarties sur le gâteau. Nos
palettes de casquette pointent dans
tous les sens. Rien à faire. Impossible de
déchiffrer les mots. On est trop proches
et chaque bonbon est aussi gros qu'une
planche à roulettes…

De l'autre côté du panneau, illuminée
de soleil, il y a la même grande affiche…
avec le même gros gâteau écœurant
dessus !

Soudain, mon attention est attirée par les deux piliers qui soutiennent tout ça. Deux incroyables enchevêtrements de tuyaux flambant neufs !

Du coup, plus besoin de discuter pour chercher quoi faire de notre journée. Ré et moi, on court grimper dedans, un à chaque extrémité. Déjà, j'ai gravi la moitié de la distance qui me sépare de l'affiche. J'enfile mes jambes entre deux barreaux et me voilà la tête en bas. À l'autre bout, je vois Ré qui, comme moi, est suspendu à l'envers. Face à face, on bat des bras en glapissant comme deux singes. Nos casquettes virevoltent jusque dans le gazon. Pas grave. On grimpe encore et j'atteins le bas du panneau. Pas question de m'arrêter là. Déjà, je me vois à cheval en haut de l'affiche, mais...

Impossible d'aller plus haut !

La structure autour de l'affiche est lisse. Aucune prise pour m'accrocher. Mon escalade est terminée.

Ne me reste plus qu'à admirer la vue. L'affiche, avec son gros gâteau écœurant, n'existe plus. Autour de moi, il n'y a plus que le parc avec tous ses verts. La pelouse et les arbres. Ici et là, quelques flâneurs vont et viennent. D'autres sont assis. Parfois, ils lèvent la tête vers l'affiche. J'ai l'impression de dominer le monde. Je vois la ville, au loin. Je suis Spiderman!

Tout près, une dame avec un caniche m'observe. Elle semble inquiète. Comme si elle avait peur pour moi. Soudain, elle se met à fouiller dans sa sacoche. Elle en sort un cellulaire. Elle compose un numéro très court. On dirait…

Le «911»!

Elle veut signaler deux «p'tits morveux» agrippés à une affiche géante!

Aussitôt, je crie :

– Ré ! Vite ! Faut descendre !

En deux temps, trois mouvements, je dévale le pilier. Dès que je peux, je saute dans le gazon et récupère ma casquette. À l'autre bout, Ré achève sa descente. Je cours le rejoindre.

– La madame, là-bas, avec le p'tit chien ! J'pense qu'est en train d'appeler la police. Peut-être qu'on n'a pas l'droit d'grimper comme ça, dans les affiches.

– Ouais, ça s'peut ben ! Faut s'en aller d'ici... Mo, il est où ?

– J'sais pas.

Soudain, je l'aperçois, au bout du parc. Minuscule, il est assis sur les épaules d'un homme très grand. À côté, un camion, un gros F-150, est stationné. Dessus, je peux lire «Marcel Machines»...

Du coup, un tas de souvenirs me reviennent:

– C'est son oncle Marcel! je m'exclame. Tu t'rappelles?

– Comment tu veux que je l'oublie, celui-là?

On file les rejoindre.

– Salut, les gars! nous lance le géant en nous voyant approcher.

– Bonjour, monsieur Marcel, répond-on avec respect pour cet homme qui a été si bon pour nous.

– On dirait que vous savez pas trop quoi faire, aujourd'hui. C'est dangereux de jouer ainsi aux acrobates.

– J'sais pas c'qui m'a pris, je tente d'expliquer. J'avais envie de grimper dans le ciel.

– Ouais, approuve Ré. On sait pas pourquoi, mais on a juste envie de grimper, aujourd'hui.

Un large sourire illumine le visage de l'homme.

– Maurice aussi, on dirait. Quand il m'a vu, il m'a tout de suite grimpé dessus. Vous vous êtes transformés en singes, ou quoi ?

Et pendant que l'oncle Marcel dépose Mo sur le trottoir, je me rappelle la sensation que j'avais, accroché à l'affiche. Alors, sans trop savoir pourquoi, peut-être parce que cet homme m'a déjà aidé à réaliser un rêve, je risque :

– Oui, monsieur Marcel. J'ai beaucoup envie de grimper !

– Nous aussi ! lancent Ré et Mo, d'une seule voix.

Étonné, l'homme nous regarde tour à tour. Il sourit. Puis il lève les yeux, comme pour chercher au loin une solution à notre désir étrange. Soudain, son sourire s'élargit. Aurait-il trouvé?

– Vous voulez grimper? nous demande-t-il enfin.

– Oui! s'exclame-t-on sans hésiter.

– Ça vous tente de vous retrouver entre ciel et terre? insiste-t-il.

– Oui! Oui! Oui!

– Bon, d'accord... j'pense que j'peux arranger ça. J'ai une idée.

Intrigués, on le bombarde:

– C'est quoi? C'est quoi? C'est quoi?

– Calmez-vous, les KaillouX. C'est facile. La réponse est écrite, juste là, derrière vous.

On se retourne.

Devant nous, au beau milieu du parc, il y a toujours la grande affiche avec, dessus, le gâteau gigantesque couvert d'un épais glaçage bleu écœurant... le tout garni de Smarties disposés en forme de lettres.

Mais d'ici, c'est super facile de lire la phrase :

Expo-Québec fête ses 100 ans !

D'abord, je ne comprends rien. Mes yeux se sont arrêtés sur la grosse pomme de tire rouge et luisante plantée dans le gâteau de l'affiche, pour faire le un des zéros du 100. Puis, peu à peu, dans ma tête, m'apparaissent toutes les machines infernales de cette foire annuelle... tous les manèges étourdissants que j'ai vus à la télé et qui peuvent nous faire tournoyer dans les airs. Mo, à côté de moi, sur le trottoir, est vraiment excité.

– Tu vas nous amener à l'Expo ? C'est ça, mon oncle ? Hein ? Hein ? Hein ? Tu nous amènes à l'Expo ! Hein ? C'est ça ?

– Minute, mon gars ! C'est pas si simple. Ça coûte de l'argent, Expo-Québec... beaucoup d'argent, même.

– Combien d'argent ? demande Ré. J'en ai un peu.

– Moi aussi, je dis. Combien ça prend ?

– Je ne sais pas exactement, répond l'oncle Marcel. D'après moi, au moins 40 dollars. Et même plus... si vous voulez manger là-bas.

– On va se faire un lunch ! déclare Ré.

De mon côté, je commence à calculer :

– À trois, ça fait juste... euh... ben... j'sais pas trop... c'est pas facile... 40 dollars divisé par 3... ça fait... euh...

– C'est 40 dollars chacun! laisse tomber l'oncle Marcel, comme un coup de masse sur tous les manèges dans ma tête.

Même ma grosse pomme rouge en tire luisante est écrabouillée. Ré n'est pas dans un meilleur état. Ses rêves à lui aussi sont démantibulés. Mo, à côté, a l'air assommé.

– Écoutez, intervient l'oncle Marcel devant nos mines déconfites. J'ai peut-être une solution...

D'un coup, nos palettes s'immobilisent dans sa direction.

– Voici ce que je vous propose...

On écoute.

– Aujourd'hui, vous gagnez de l'argent... et demain, je vous amène à l'Expo! Comme ça, vous allez avoir deux belles journées bien remplies. Qu'est-ce que vous en pensez?

– Oui! s'exclame Mo, sans hésiter.

Ré et moi, on se méfie. Ça nous rappelle soudain quelque chose.

Voyant qu'on ne répond pas, l'oncle Marcel ajoute:

– Dites-moi, vous deux, vous n'avez pas l'air très enthousiastes. Ça ne vous tente plus de… «grimper dans le ciel»?

Peu à peu, une grosse question s'impose à moi.

– Qu'est-ce qu'il faut faire pour gagner notre argent?

Et là, le géant se penche pour nous regarder droit dans les yeux.

– Ça vous tente de pelleter?

Ça y est! Je m'en souviens! C'était l'hiver dernier, quand l'oncle Marcel nous avait demandé exactement la même chose…

On avait pelleté de la neige pendant des heures[2]!

Mais je me rappelle aussi qu'il y avait eu une belle récompense au bout : une super journée de *snow* à Lac-Beauport !

Du coup, les manèges de l'Expo se remettent à tourner dans ma tête. Finalement, c'est tout simple, pour « grimper dans le ciel », il suffit de...

Pelleter !

Le géant a avancé sa grande main ouverte devant nous. Tous les trois, on comprend pourquoi. D'un seul bond, nous sautons pour taper dedans. Et nos petites mains claquent dans la grande paluche de l'oncle Marcel.

– Tope là !

Une minute plus tard, on est dans son F-150. Et nous voilà partis pour une journée de pelletage...

2. Voir *Au bout de mes forces*

Mais je demeure inquiet.

– Où on va ? je demande.

– Chez moi, répond simplement l'oncle Marcel.

– Mais, j'ajoute, y a pas beaucoup d'neige au mois d'août. On va pelleter quoi ?

– Des cailloux.

En voyant les deux montagnes de cailloux devant la maison de l'oncle Marcel, Ré et moi, on a ressenti une grande fatigue tout d'un coup. Mo, lui, a tout de suite grimpé sur le plus gros tas, heureux comme un alpiniste qui arrive au sommet de l'Everest. Il aurait eu un drapeau qu'il l'aurait planté là.

– Votre groupe de musique, comment il s'appelle, déjà? nous demande l'oncle Marcel, un peu moqueur.

– Les KaillouX! claironne Mo, au sommet de sa gloire.

Et il s'assoit pour glisser en bas... mais impossible. Il a beau se donner des élans énergiques afin de descendre, son fond de culotte, coincé dans les cailloux, ne bouge pas d'un pouce...

La journée va être longue, je le sens.

Pendant ce temps, l'oncle Marcel s'en est allé dans son garage. Il revient avec trois pelles, un râteau et une brouette. Puis, il nous explique:

– C'est simple. Le gros concassé, là, c'est pour étendre derrière la maison, en dessous de ma future galerie... pour que l'eau s'égoutte bien... pour contrer les mauvaises herbes, aussi... vous comprenez ?

– Facile ! déclare Mo, pétant d'énergie.

– L'autre tas, poursuit l'oncle Marcel, c'est pour étendre juste ici, devant le garage... pour faire un fond sous l'asphalte. Ces cailloux-là sont beaucoup plus fins. Il ne faut pas vous tromper de tas, hein ?

– Pas d'problème ! annonce Mo avec un entrain qui ne fait que monter. Les gros cailloux derrière la maison... pis les p'tits, d'vant l'garage !

– Avec le râteau, vous m'étalez ça le plus également possible... mais seulement à l'intérieur des ficelles que j'ai tendues ! Compris ?

– Y a juste trois pelles, je fais remarquer timidement.

– C'est normal, fait Mo, on est trois !

– Vous allez pas nous aider un peu ? je demande au géant. Ça irait plus vite, me semble.

– Je ne peux pas. J'ai un contrat à terminer, pas loin d'ici. Si je veux vous amener à l'Expo, je dois aller travailler... comme vous, d'ailleurs. Mais prenez votre temps. Vous avez toute la journée, non ?

– Euh... oui, je fais, faiblement. Nos parents travaillent.

– Toi, Maurice, je vais appeler les tiens pour les avertir que tu es avec moi.

– Yesssss ! triomphe Mo, en levant le genou et abaissant le coude, comme s'il venait de compter un but.

– Je laisse la porte arrière débarrée, poursuit l'oncle Marcel. Vous pourrez entrer boire de l'eau, aller aux toilettes.

Me téléphoner aussi, s'il y a un pro-blème. Tiens, Yo, voici mon numéro de cellulaire.

Et il me refile sa carte professionnelle « Marcel Machines ».

– Ce midi, je vais venir voir où vous en êtes... et j'apporterai de la pizza. Ça vous va ?

– Ouiiiii ! bondit Mo. *Full* pizza *all dressed*. Avec plein d'Pepsi !

– Ça va être du jus, tranche l'oncle Marcel. Quelle sorte ?

– Pomme ! hurle Mo, que rien, décidé-ment, ne peut abattre.

Ré et moi, on se regarde. Impuissants, on laisse tomber, mais avec un peu moins d'enthousiasme :

– Pomme.

– Pomme.

Et c'est sur ce «Pom! Pom!» que notre sort est scellé. Déjà, l'oncle Marcel est parti au volant de son F-150. Devant moi s'élève une montagne de gros concassés. Devant Ré, une montagne encore plus haute de cailloux minuscules... pendant que Mo, lui, s'amuse à faire déraper la brouette vide sur le trottoir en faisant «Vroum! Iiiiiiiiii! Vroum! Vroum! Iiiiiiiiii!»

La journée va être vraiment longue.

– Hé! Les gars! lance Mo. On va décorer la brouette! Chez nous, j'ai des autocollants de *Flash McQueen*!

Je commence franchement à regretter mon dernier «Tope là!»

On a réussi à convaincre Mo de ne rien décorer et on lui a laissé la brouette.

Mais ce n'était pas une bonne idée. Il est trop petit pour la soulever. Les montants arrière frottent tout le temps par terre. Alors, on lui a passé une pelle.

Mais ses pelletées, c'est plutôt des cuillerées. Il n'arrive pas à enfoncer la pelle dans les cailloux, ses jambes sont trop courtes pour qu'il puisse la pousser avec le pied.

Finalement, on a chargé Mo du râteau. Au moins, là, il est efficace… et assez précis. Il faut juste faire attention, quand on approche de lui avec une brouettée, de ne pas recevoir un coup de manche en pleine face.

Dans un premier temps, on s'est attaqués aux petits cailloux, ceux qui vont devant le garage.

– On fera les gros cet après-midi, j'ai proposé.

– Tope là ! a lancé Mo en levant la main... tout seul.

Pendant des heures, Ré et moi, on a alterné... pelle, brouette... brouette, pelle... pendant que Mo s'amusait à étaler nos petits tas devant le garage. Souvent, on entrait dans la maison pour boire de l'eau ou faire pipi. Des fois, on restait assis dans la cuisine, un verre à la main, pour souffler un peu...

Comme de vrais travailleurs.

L'avant-midi achève et le premier tas n'est qu'à moitié « mangé ». On n'arrive même plus à fournir Mo, qui a trouvé le temps de se construire un mini-circuit de Formule 1 dans les cailloux. On le laisse faire. C'est plus simple. Mais quand il a l'idée d'aller chercher ses autos de *Flash McQueen* pour les faire rouler dedans, on ressent à nouveau une grande fatigue.

Midi approche et j'aperçois l'oncle Marcel qui revient dans son F-150. Je fais un signe à Ré et on s'active sur nos pelles, question de faire croire qu'on a mené un train d'enfer, comme ça, depuis qu'il est parti.

Je crains qu'il ne soit pas très content du résultat... mais, en même temps, je me sens soulagé. On va manger...

J'ai tellement faim !

Quand l'oncle Marcel a vu notre travail, il a souri, puis il a dit :

– Bien, les gars ! Très bien ! Allez vous laver les mains et installez-vous dans la cuisine.

Quand on est sortis de la salle de bains, la table était mise. Quatre assiettes, quatre verres, un paquet d'ustensiles, deux pizzas garnies extra-larges... et une grosse cruche de jus de pomme. Pas de nappe !

Déjà, on est assis et on s'affaire à partager la première pizza. L'oncle Marcel est reparti dehors. Dans la cuisine, c'est le silence total... sauf pour les bruits d'ustensiles et les glouglous de jus de pomme. En dix minutes, on a terminé la première pizza. Mo, déjà, s'attaque à la seconde. Quel goinfre !

La deuxième, on l'a mangée plus lentement. Sauf pour Mo.

– Faudrait en laisser un peu pour ton oncle, je fais remarquer.

– Il a sa boîte à lunch, je l'ai vue, fait-il en attaquant la dernière pointe.

– Pourquoi il a mis quatre assiettes, alors ? demande Ré.

– J'sais pas, moi, répond Mo, en mâchouillant une rondelle de pepperoni dégoulinante de sauce. C'est pour le dessert, probablement. Moi, je gage qu'il y a un gâteau dans le frigo. L'assiette, c'est pour mettre le gâteau dedans !

–Tu vas manger du dessert ? s'étonne Ré.

– Ben… c'est normal, non ? Vous en voulez pas, vous autres, du gâteau ? Ben, tant mieux… ça va m'en faire plus ! J'espère qu'il y a du lait en masse. Il reste presque plus de jus de pomme.

« Une chance qu'on va pas à l'Expo après-midi, je me dis. Il vomirait tout ça dans les montagnes russes. » Ré n'en revient pas ! Il s'exclame :

– Comment tu fais ? T'es maigre comme un clou !

– Il veut grandir ! je réponds. L'année prochaine, il va être capable de lever la brouette assez haut pour qu'elle frotte pas par terre... et pousser la pelle dans les cailloux avec son pied.

Là-dessus, l'oncle Marcel surgit dans la cuisine, tout en sueur.

– Ça va, les KaillouX ? nous demande-t-il en posant sa boîte à lunch sur la table. Bien mangé ?

– C'est quoi, le dessert ? s'informe Mo, en avalant la dernière croûte.

Finalement, l'oncle Marcel lui a donné deux biscuits au chocolat avec un verre de lait.

– Tu vas te contenter de ça, d'accord ?

67

Et pendant que Mo engouffre le tout sans répliquer, l'homme nous fait signe, à Ré et à moi, de le suivre dehors un instant.

Là, une surprise nous attend.

Dans la rue, il n'y a plus qu'un seul gros tas de cailloux. L'autre, celui qu'on avait commencé, il s'est transformé en petits tas devant le garage. Ne reste plus qu'à les étendre.

– Avec trois planches, nous explique l'oncle Marcel, je vous ai fabriqué une petite pente pour la brouette. Ça va être plus facile, après-midi, pour transporter le gros concassé derrière la maison. Vous pouvez commencer. Je rentre manger et je vous envoie Maurice.

Euh…

Pour enfoncer le bout d'une pelle dans du gros concassé, ce n'est pas pareil. Il faut «zigonner» pas mal plus. En fait, c'est plus rapide de faire débouler les cailloux dans la pelle avec nos mains.

Quand l'oncle Marcel et Mo sont venus nous rejoindre, Ré et moi, on n'avait même pas fini de remplir une première brouette. En voyant ça, l'oncle prend son cellulaire et annule son contrat de l'après-midi. Puis il s'en va chercher une deuxième brouette dans son garage.

– Il faut finir ça aujourd'hui, nous annonce-t-il, soudain transformé en maître de chantier. Sinon, pas d'Expo! Mo, tu t'en vas derrière la maison avec le râteau. Vous deux, vous prenez chacun une brouette. Ré, passe-moi ta pelle.

Dans ses mains, la pelle est devenue soudain toute petite. Avec sa grosse botte de travail, il l'enfonce jusqu'au cou dans le concassé, puis il projette une première pelletée dans ma brouette. Au bout de sept pelletées, il me demande d'essayer de la soulever. Trop lourd. Il doit en enlever deux, qu'il lance dans celle de Ré. Je soulève ma brouette et me voilà parti avec cinq pelletées. Je file vers l'arrière de la maison, je descends la pente en planches et renverse le contenu pour Mo, entre les fils tendus par l'oncle Marcel.

Au retour, je croise Ré avec sa brouettée de cinq pelletées.

Cette fois, Mo n'aura pas le temps de jouer à *Flash McQueen*.

Deux heures plus tard, la rue est propre, balayée, nettoyée. Il ne reste plus un seul caillou qui traîne…

Sauf nous trois !

Assis sur le rebord du trottoir entre mes deux amis, j'ai la tête vide. Plus aucun manège n'est capable d'y apparaître, encore moins de tourner.

Exténué, j'écoute le lointain cliquetis du concassé que l'oncle Marcel achève d'étaler derrière sa maison. Je n'ai plus envie de rien. Si j'étais à l'Expo, je serais capable de m'endormir dans la grande roue.

La fatigue d'hier est maintenant oubliée. Ça y est! Mo, Ré et moi, on va enfin «grimper»! Et c'est la grande roue qui va nous emporter tous les trois dans le ciel...

Le ciel d'Expo-Québec!

Rivés à notre siège, les mains crispées sur la barre transversale et la casquette vissée serré sur la tête, on s'élève pour la première fois… et on commence un peu à regretter notre enthousiasme.

Sous nos pieds, le terrain de l'Expo s'éloigne follement. Ses manèges et ses kiosques deviennent minuscules… nous montons, montons… puis, soudain, pendant une seconde vertigineuse, on atteint le sommet de la roue. On toucherait les nuages s'il y en avait ! Puis on redescend vers la foire grouillante ! En bas, notre nacelle frôle le sol et, à nouveau, nous propulse vers le haut. Et c'est parti pour une autre orbite. Tous les trois, on est silencieux. Ré est un peu vert. Entre nous, Mo a les yeux ouverts droit devant lui. Ouverts et vides ! C'est notre premier tour de manège. L'oncle Marcel nous avait pourtant dit :

– On va commencer en douceur avec la grande roue, d'accord ?

– « En douceur » ?

Quand il nous a suggéré ça en entrant sur le terrain de l'Expo, on a fait « Oui ! Oui ! Oui ! »... et on s'est mis à courir dans tous les sens. Mais, risquant de se perdre dans la foule déjà intense du matin, on est vite revenus dans son giron... pour ne pas dire « sous son jupon ».

On venait de comprendre que l'oncle Marcel, aujourd'hui, il serait notre « papa »...

Il faut dire que c'est un peu normal. C'est lui qui paie !

C'est vrai qu'on a pelleté pas mal de cailloux pour lui, hier. Mais, quand même, l'Expo, c'est super cher !

Juste pour entrer tous les quatre... 42 dollars !

Mais en mettant les pieds sur le terrain, j'ai tout oublié d'un coup. J'ai senti une grande excitation m'envahir. Entre les longs arbres, partout, il y avait des ballons, des clowns, des acrobates, un kiosque pour se faire maquiller, deux scènes de spectacle pour enfants, des glissades géantes soufflées comme des ballons avec des couleurs pas possibles...

Et de la musique venant de partout.

Un moment donné, on a eu un choc, tous les trois. On s'est retrouvés devant un grand gorille portant une cage dans ses bras. Prisonnier dans la cage, un explorateur était assis, les jambes croisées et les mains sur les barreaux. Ça m'a pris plusieurs secondes avant de comprendre l'astuce.

– Ce sont des fausses jambes ! Les vraies jambes de l'explorateur, ce sont celles du gorille !

– Oui ! a ajouté Ré. Ils sont pas deux, là-dedans. Y a personne dans le haut du gorille !

Quand il nous a entendus, Mo a fait semblant de comprendre. Mais, en même temps, il gardait ses distances avec le gorille.

– Pourquoi il rit, le chasseur, dans la cage ?

Puis, tirant sur le pantalon de son oncle, il a demandé :

– C'est où, la grande roue ? Hein ? C'est où ?

– Par là, a indiqué l'oncle Marcel, qui semblait bien connaître les lieux.

Et il nous a emmenés au cœur de l'Expo. Là, il a donné 75 dollars à une madame dans un guichet. Le premier, j'ai avancé mon bras dans le trou de la vitre et la caissière, dans la petite cabane, a fixé un bracelet rouge à mon poignet...

– Avec ça, nous a expliqué l'oncle Marcel, vous avez droit à tous les manèges... durant toute la journée !

Toute la journée !

Je rêve ! J'ai peine à y croire. Mais, en même temps, je me sens tellement reconnaissant. Du coup, le cauchemar des cailloux d'hier s'est transformé en un super beau souvenir.

– 'Est où, la grande roue ? 'Est où ? répétait Mo en trépignant, le bras encore dans le trou du guichet.

– Arrête de bouger ! a crié la madame.

– 'Est là ! 'Est là ! faisait Ré en pointant le ciel.

Armés de notre bracelet magique, on a fendu la foule en direction de la grande roue qu'on pouvait voir de partout.

Wow ! Vue d'en bas, elle est au moins trois fois plus haute que le panneau du parc.

Au troisième tour de grande roue, Ré et moi, on se regarde.

Visiblement, mon ami a retrouvé ses couleurs et moi, je me sens mieux. Finalement, il n'y a vraiment pas de quoi avoir peur. Du coup, on se met à profiter de l'incroyable sensation de se laisser emporter, comme ça, au-dessus de la foule... et de voir tout l'Expo s'abaisser et s'élever autour de nous. Les yeux de Mo ont recommencé à briller. Son sourire est aussi large que sa casquette. Un moment donné, au sommet d'une orbite, il nous lâche un «Whiiiiiiii!!!» qui a dû être entendu jusqu'au château Frontenac, là-bas.

Au bout de dix tours, la grande roue s'immobilise. On est chanceux. Notre nacelle s'est arrêtée en bas. On est les premiers à descendre !

L'oncle Marcel nous accueille :

– Ça va ? Vous avez aimé ?

– On va faire le Parachute ! lance Ré en désignant une tour encore plus haute que la grande roue...

– Non ! je fais, en montrant une spirale d'enfer... La Tordeuse !

– Non, là! crie Mo, en pointant du doigt une machine monstrueuse.

– Les Pinces du condor! s'étonne l'oncle Marcel. T'es sûr?

– Oui! sautille Mo. Les Pinces! Les Pinces!

Devant l'excitation extrême de son neveu, l'homme se retourne vers nous.

– Vous choisirez le manège suivant, d'accord?

– Pas d'problème, je fais.

Mais, à l'entrée des Pinces, une très mauvaise surprise attend Mo...

Il lui manque trois pouces!

Avec ses 49 pouces de haut, interdit de faire les Pinces. Aujourd'hui, Mo devra se contenter des manèges «intermédiaires»... parce que pour les «sensations fortes», il faut mesurer au moins 52 pouces.

L'oncle Marcel s'est accroupi devant lui pour le lui expliquer. Palette contre palette, ils mesurent tous les deux 49 pouces, maintenant. Mo est triste.

Ré et moi, on s'éloigne un peu pendant que l'homme tente de consoler son petit neveu. Un peu embêtés, on jette un regard autour de nous. Partout, c'est la folie. Ça tournoie. Ça virevolte. Ça crie. Ça hurle. Ça rit aux éclats. Ça mange, ça boit, ça mâche, ça suce toutes sortes d'affaires super colorées. Ça court dans tous les sens... et, pendant ce temps, c'est « plate » pour Mo.

– OK, les gars ! nous lance l'oncle Marcel. Venez ici.

On s'approche. Visiblement, Mo n'est plus triste. Mais on dirait qu'il nous jette un regard suppliant.

– Pendant que vous étiez dans la grande roue, nous explique l'oncle Marcel, j'ai vu qu'il y avait, pas loin, un nouveau manège...

Devant notre manque d'intérêt, il poursuit:

– C'est celui-là que Maurice aimerait faire.

– C'est quoi? demande Ré, un peu inquiet.

– Des autos tamponneuses! nous annonce fièrement l'oncle Marcel.

– C'est pour les enfants, ça, je ronchonne.

– Non, non, ce sont vraiment de grosses autos... avec des pare-chocs incroyables. Elles vont pas mal vite... et il faut être attaché solidement dedans... parce que ça cogne dur... et la piste est super grande… en plus, je pense qu'ils acceptent tout le monde à partir de 48 pouces…

Et là, soudain, je m'aperçois que l'oncle Marcel nous fait des clins d'œil en cachette de Mo… comme s'il voulait qu'on fasse semblant de s'intéresser à sa proposition.

– Oui ! je m'exclame avec le plus d'entrain possible. Des autos tamponneuses ! Pourquoi pas ? Allons-y ! Mais j't'avertis, Mo ! Tu vas te faire démolir !

– T'inquiète pas, rétorque Ré en jouant lui aussi le jeu, c'est Yo qui va en manger une !

Le sourire de Mo reprend peu à peu les dimensions de sa casquette.

– Et vous savez quoi ? ajoute l'oncle Marcel.

– Non, quoi? on fait, comme si c'était l'affaire la plus excitante de notre vie.

– Eh bien, les autos tamponneuses... elles sont inspirées du dernier *Flash McQueen*!

Du coup, on se retourne vers Mo, dont le sourire a quasiment dépassé les dimensions de sa figure. On est stupéfaits. Puis, soudain, nous voilà tous les trois dans l'ombre. L'oncle Marcel vient d'avancer sa grande paluche devant nos figures...

– Tope là!

Du coup, je suis certain qu'on va bientôt manger *full* pizza *all-dressed*...

Et avec plein de Pepsi, en plus!

DAPHNÉ

«Au fond de ma
nébuleuse engorgée,
la calculette se
réveille et commence
à additionner :
15 $ + 15 $ + 15 $.»

Lundi matin. Le prof est malade. Moi aussi. Je suis en classe, pas lui. À sa place, une dame aux cheveux blonds frisés vient nous faire un cours sur ce qu'elle appelle mystérieusement « la suite du monde ». Chouette ! je me dis. Un cours sur l'astronomie, le mouvement des planètes, l'extension de l'univers. Pas du tout ! C'est un cours sur le corps humain, le passage de l'âge ingrat à l'âge adulte, les transformations physiques de l'adolescent. Je n'ai pas du tout envie d'entendre ça. J'ai le nez bouché et le cerveau congestionné. Pendant la première demi-heure, j'essaye de dormir, pendant la seconde, je réussis. Presque. Je sombre dans une demi-inconscience bienheureuse à peine troublée par des bribes d'exposé où il est question de « la grande aventure de la vie », de « colossale révolution physiologique », de « sève qui monte et qui déborde parfois ». Ici, la dame a un petit rire strident qui me réveille pour de bon et manque de me faire tomber en bas de ma chaise.

En sortant de la classe, je rejoins Sandrine et Tatiana, qui discutent ferme sur la colossale révolution physiologique. Je respire par la bouche pour oxygéner mes neurones embrumés.

– Super, non ? dit Sandrine.

– Quoi, exactebent ?

– Tout ce qui se passe à l'intérieur de nous, voyons !

– Ouais ! Bof !

Elle n'en revient pas que je ne saute pas de joie. Je renifle.

– Tout ce qui se prépare, insiste Sandrine.

– Mmm.

– T'as même pas entendu ! Tu dormais !

– Je dorbais pas.

– La nature est un grand livre ouvert, déclare sentencieusement Tatiana, que seule une âme éveillée peut décrypter.

– Je dorbais pas, je béditais, c'est pas pareil.

– De quoi elle a parlé, alors ?

Sandrine, encore.

– Du corps qui se transforme et de la sève qui bonte. Soit dit en passant, chez nous, les filles, la sève, elle bonte pas, elle descend.

– Et ça t'intéresse pas de savoir comment ça va se passer ? Dans notre corps, dans notre ventre…

– Boi, en ce bobent, c'est plutôt dans la tête que ça se passe, vois-tu ? Pis, pourquoi on parle de ça, tout à coup ? D'habitude, on parle de l'école, des garçons, de Facebook, des MP3 et des téléphones intelligents. Pour la sève, y a rien qui presse !

– Mon grand-père dit toujours qu'il faut pas attendre la soif pour tirer l'eau du puits, déclare la même que tout à l'heure.

J'ouvre une petite parenthèse, histoire de vous situer un peu. Tatiana est gentille, mais elle a une manie : elle s'exprime presque toujours en paraboles. À cause de son grand-père russe, paraît-il. Sur deux phrases qu'il prononce, le monsieur, il y en a toujours une de sage, le genre proverbe ou maxime, qui empêche tout le monde de répliquer parce que ça vient de la nuit des temps et que ça a l'air vrai.

– Tatiana a raison, dit Sandrine. Il faut se préparer.

– Se préparer à quoi ? À avoir des fuites ? On traversera la rivière quand on sera rendues au pont !

Celle-là, elle est pour Tatiana. Qui réagit :

– Qui voit l'orage dans les nuées ne sera pas mouillé, tu sauras !

Petite pause décompression. J'éternue. Les deux filles reculent.

– Tu pourrais éternuer dans ton bras, Daphné. Tu répands tes microbes partout.

J'extirpe de ma poche un surprenant tapon de papiers mouchoirs dans lequel j'essaie tant bien que mal de neutraliser mes microbes.

– De toute façon, on n'est pas obligées, je dis. Y a sûrebent boyen d'empêcher ça.

Deux paires d'yeux me dévisagent.

– Ça quoi ?

– Ce... ce truc, là.

– Quel truc ?

– Le bachin dont on parle depuis au boins 27 secondes.

– Tu veux dire qu'on n'est pas obligées d'avoir des règles ? traduit Sandrine.

– En plein ça.

Tatiana ouvre de grands yeux désolés.

– Tu peux pas aller contre les lois de la nature, Daphné.

92

– Ah non ? Tous les jours, on empêche des rivières de couler norbalement, on fait des barrages pour avoir toujours plus d'électricité. Des tas de gens se font refaire des nez ou des bentons. Des parents stériles se fabriquent des bébés avec des ovules et des sperbatozoïdes qui sont bême pas à eux. Si c'est pas aller contre les lois de la nature, c'est quoi ?

J'éternue de plus belle.

– T'aimerais pas ça, avoir des courbes, Daphné ? demande abruptement Sandrine, croyant sans doute alléger l'atmosphère.

– Des courbes ?

– Des rondeurs, si tu préfères.

– Pour quoi faire ? Je suis parfaite cobbe je suis !

– Tatiana, elle en a, elle.

Tatiana ressemble à une guitare. Sandrine aussi, d'ailleurs. Entre leurs épaules et leurs hanches il y a un vrai creux. Entre mes épaules et mes hanches à moi, il y en a un aussi, mais il faut chercher. Mais comme dirait sûrement Tatiana, l'essentiel, ce n'est pas de trouver, c'est de chercher.

– Des rondeurs, c'est peut-être beau, bais ça sert à rien. Pour certaines activités, c'est bême un embarras.

– Quelles activités ?

– Le tir à l'arc, le saut en hauteur, l'alpinisbe. Les falaises sont de plus en plus friables de nos jours, à cause de l'érosion. Un rien et elles s'effondrent.

– Mais pour le rugby, le combat sumo et les sports de contact, les rondeurs, c'est pratique, rectifie sèchement Tatiana.

94

Commence à m'emmerder, la Tatiana!

– Depuis quand tu tires à l'arc? s'étonne Sandrine.

– Depuis l'été prochain. Peut-être.

Silence.

– On dirait que ça te gêne de parler de ça, Daphné.

– Ça be gêne pas, ça be *tente* pas.

– De toute façon, t'as pas à t'inquiéter. Arrangée comme tu l'es, les fuites, comme tu dis, c'est pas pour demain.

– Ça veut dire quoi, ça?

– Ça veut dire que tu manques de maturité, dit Tatiana.

– Boi, je banque de baturité!

Sandrine regarde ailleurs, Tatiana explore le sol à la recherche d'une autre maxime.

– Ça veut dire que tu t'acceptes pas, ajoute-t-elle à mi-voix.

– Je b'accepte pas!?

Ma température monte d'un cran.

– Du calme, les filles, intervient Sandrine. On va pas se battre pour ça.

Et c'est là que je m'exclame :

– Je vous parie ce que vous voulez que les fichues fuites, je vais les avoir avant vous deux!

Les deux filles se regardent et pouffent. À l'intérieur de mon cerveau engorgé, tout me crie : «Arrête-toi!» en grosses lettres rouges.

– T'es sérieuse? me relance Sandrine.

– Très sérieuse.

– Sans vouloir t'insulter, y a aucune chance que tu gagnes.

– Pis tu devrais pas parier sur n'importe quoi, renchérit Tatiana. Comme dit mon grand-père, le meilleur moyen de ralentir un cheval est de parier sur lui.

– Ce serait quoi, l'enjeu ? veut savoir Sandrine.

– *Dans l'œil du cyclone*, je réponds. En 3D. Au cinéba IBAX.

Qu'est-ce que je suis en train de faire là ?

– *Cyclone 3D* ? fait Sandrine, soudainement intéressée. IMAX ?

– Ouais.

Nouveau silence.

– Si je gagne le pari, vous m'invitez.

– Et si tu perds ?

– C'est boi qui invite.

Au fond de ma nébuleuse engorgée, la calculette se réveille et commence à additionner : 15 $ + 15 $ + 15 $.

– T'es sûre, Daphné ?

Je ne suis plus sûre de rien.

– Sûre.

– Avec *pop-corn* à volonté, évidemment, insinue sournoisement Sandrine.

15 $ + 15 $ + 15 $ + *pop-corn*.

– Évidebbent.

– Sans oublier le beurre. Plein de beurre fondu. Qui dégouline partout.

– Le beurre aussi.

15 $ + 15 $ + 15 $ + *pop-corn* + beurre.

– On se donne combien de temps ?

– Trois bois. D'ici à la fin de l'année scolaire. *Dans l'œil du cyclone* arrive dans un bois, il va rester deux bois à l'affiche.

Trois mois. Trois mois pour me transformer en guitare. Trois mois pour faire descendre la sève, cette chose bizarre censée assurer la suite du monde. Du calme, Daphné. Un miracle, ça s'est déjà vu, des geysers qui jaillissent en plein désert, ça s'est déjà vu aussi.

Sandrine et Tatiana me tendent la main.

– Tope là, Daphné.

– Tope là, je dis en éternuant.

Elles n'attendent même pas que j'aie le dos tourné pour se ruer sur le distributeur de gel antiseptique.

Le lendemain matin, stupeur ! Un filet d'air a réussi à se frayer un chemin à travers mes sinus et je mesure l'étendue de la catastrophe. Trois mois pour la « colossale révolution physiologique », c'est mathématiquement et physiologi-quement impossible. Dans le miroir, j'ai beau chercher, je ne vois que des lignes droites.

J'ouvre ici une seconde parenthèse : ceux qui me connaissent un peu auront certainement noté, quoiqu'en pense Tatiana, que je suis en avance sur bien des plans. Sur le plan intellectuel, par exemple, ou sur le plan psychologique. Mais je dois bien reconnaître qu'en ce qui concerne les choses de la nature, la nature brute, je veux dire, j'accuse peut-être un tout petit retard. L'instinct, ce n'est pas vraiment mon fort. L'acceptation de ma condition animale, non plus. Rien de bien alarmant, mais suffisant pour me faire douter de pénétrer gratuitement dans l'œil du cyclone en bouffant du *pop-corn*.

Conclusion : j'ai 50 $ à trouver d'ici trois mois.

– J'ai 50 $ à trouver d'ici trois bois, Désirée.

Dans les cas désespérés, vaut mieux se rabattre sur le connu, même si ce connu est votre sœur, a les cheveux bleus et est en train de se vernir les ongles de pied en noir.

– Pourquoi ?

– Un pari stupide, conclu dans un bobent d'égarebent.

– Explique.

– Mmm. Ça be tente pas.

– Alors débrouille-toi.

– Sandrine, Tatiana, boi. J'ai parié que la première à avoir ses trucs…

– Quels trucs ?

– SES TRUCS, Désirée.

– Ah ça !

– Eh ben, j'ai parié que la première à avoir… ça, ce serait boi.

Sa main dévie brusquement, du vernis noir se répand sur son gros orteil gauche.

– Tu t'es déjà regardée dans un miroir, Daphné ?

– Que des lignes droites, je sais.

– Avec Tatiana et Sandrine ? Pas les deux filles qui sont toujours ensemble et qui ont l'air d'avoir 36 ans ?

– Mmm… 16, mettons.

Elle secoue la tête, découragée.

– Je vois qu'une solution. Sers-toi de ton talent.

– Lequel ?

– T'es bonne en français, oui ou non ?

– Pas juste en français.

– La fin de l'année approche, les examens aussi. Allume, Daphné.

Je n'allume absolument pas.

– Y a pas quelqu'un de poche en français dans ta classe ?

– Y en a deux. Sidonie Poulain et Eugène Blouin. Sidonie, c'est la pire.

– Certains parents sont prêts à faire n'importe quoi pour empêcher un échec.

– Non, bais tu be vois debandant 50$ aux parents de Sidonie pour lui faire passer son exaben de français?

– Pourquoi pas?

– Jabais! Ce serait cobbe bonnayer bes services.

– Annule le pari, alors.

– Jabais! J'ai donné ba parole.

Désirée hausse les épaules et contemple avec amour ses ongles noirs.

– Quelle idée aussi d'avoir parié 50$!

– J'ai pas parié 50$, j'ai parié trois billets pour le cinéba.

– Quel cinéma?

– IBAX.

– Pourquoi tu l'as pas dit plus tôt ? Dans ma classe, y a la reine des poches en français.

– Je l'sais, Désirée. Mais t'es ba sœur, je peux tout de bême pas te faire payer pour apprendre le français !

– Je parle de Roxane Sanfaçon !

– Pourquoi je b'occuperais de Roxane Sanfaçon plutôt que de Sidonie Poulain ?

– Parce que son père est gérant du cinéma IMAX.

– Ah !

Présenté comme ça, évidemment. Pendant les minutes qui suivent, mes idéaux de grandeur et d'intégrité livrent un combat acharné au gérant du cinéma IMAX. C'est le gérant qui gagne.

Une semaine passe. Je respire à peu près normalement. En attendant de m'attaquer à Roxane Sanfaçon, je recours à la bonne vieille méthode qui consiste à récolter de l'argent en regardant par terre. C'est fou toute la monnaie que les gens échappent. En trois jours, je ramasse cinq pièces de 0,25 $, deux pièces de 0,10 $, une vingtaine de pièces de 0,01 $ et, hier après-midi, coup de chance, une pièce de 2 $.

Intéressant, mais nettement insuffisant. À ce rythme-là, je n'arriverai à rien.

– Salut, Roxane !

Elle est affalée sur la table de la cafétéria et somnole, la bouche ouverte. Elle lève lentement la tête. Ses cheveux sont hirsutes et elle a une grande plaque rouge sur la joue gauche. Le regard qu'elle m'adresse suffirait à décourager un travailleur humanitaire en Haïti.

– Salut.

– Devine qui va avoir 75 % pour son examen de français, cette année ?

Plus je la regarde, plus mon objectif me semble horriblement optimiste.

– Mettons 70.

– C'est quoi, ton problème ?

– Je suis la sœur de Désirée.

– Pis ?

– J'ai fait le pari que je serais capable d'augmenter la moyenne de votre classe en français.

– Pourquoi tu fais ça ? T'as pas d'amis ?

– Pour la bonne cause.

– Commence par ta sœur, alors ! dit-elle en s'affalant de nouveau sur la table.

Qui a dit que la vie était une entreprise aisée ?

– Parlons sérieusement, Roxane. Pour faire diminuer une moyenne, y en a pas deux comme toi. Pour la faire augmenter, y en a pas deux comme moi. T'as eu combien au dernier examen ?

– Euh... 43 %.

– Eh ben, je pense qu'il y a place pour le progrès.

Elle ne réagit pas, je nage en plein ridicule.

– T'aimerais pas ça, avoir un peu plus ?

– En échange de quoi ?

– De rien. Je te l'ai dit, c'est pour la bonne cause.

– T'es pas normale.

Pas normale et suspecte, en plus.

– Bon, d'accord. Ce que tu voudras, alors.

– Comme quoi ?

Je prends mon air le plus innocent possible.

– Je sais pas, moi. Peut-être un livre. Un livre sur les cyclones, par exemple. J'adooore les cyclones.

Roxane brasse le tout dans sa tête. Les points d'interrogation font un petit bruit métallique.

– Une heure par jour, je dis. Chez toi, cinq jours par semaine, et d'ici deux mois, deux mois et demi, le GN n'aura plus aucun secret pour toi.

– C'est quoi, un GN ?

On part de loin.

– Un groupe du nom.

– Si j'ai 70 en français, mon père m'offre un iPad 2. T'es capable de m'avoir ça ?

Ça commence à devenir sérieux. J'avale de travers.

– T'es capable, oui ou non ?

– Évidemment.

Roxane se lève dans un grand bruit de vêtements froissés et de chaise renversée.

– Tope là, Dorothée.

– Daphné.

– Tope là, Daphné. Objectif : 70. Demain soir, 7 heures.

Les débuts sont difficiles. Roxane écrit au son et ne comprend pas pourquoi tout le monde ne fait pas comme elle. À la fin de la première semaine, elle accepte que certains mots soient du genre masculin, d'autres du genre féminin. À la fin de la seconde, elle consent à ce que les mots commençant par un a ne soient pas forcément du genre féminin.

– Un avion, Roxane, pas une avion !

– Pourquoi ? On dit bien une autobus !

Après la troisième semaine, elle accorde certains participes passés, mais seulement pour me faire plaisir, dit-elle. À la fin de la quatrième semaine, elle distingue l'imparfait du plus-que-parfait et conjugue les verbes réguliers à peu près normalement, mais saute systématiquement le *nous* et le *vous*. « Pas besoin de ça ! Je dis *tu* à tout le monde et je dis pas *nous*, je dis *on*. » À la fin de la sixième semaine, je suis épuisée. L'hiver nous lâche un jour sur deux, le printemps rate son entrée un jour sur deux, l'été est un beau mirage vert. Au début du troisième mois, on attaque les verbes pronominaux. Le père de Roxane reste invisible. J'ai beau m'attarder dans le vestibule en arrivant et en partant, je ne l'aperçois nulle part.

Et puis, un beau jour, le printemps s'installe pour de bon. Le temps s'adoucit, les érables se mettent à couler, Sandrine et Tatiana aussi. Le grand dégel. Un lundi matin, la première entre dans la classe en arborant le V de la victoire, suivie dix jours plus tard par la seconde. De mon côté, rien à l'horizon. Pas de sève, pas l'ombre d'une courbe non plus. Êtes-vous surpris ? Moi, non. La nature brute, vraiment pas mon truc.

Quinze jours avant la fin de l'année, monsieur Sanfaçon surgit devant moi. Sur le coup, je ne trouve rien à dire.

– J'apprécie beaucoup ce que tu fais, dit-il.

– Merci.

– Rox dit que ça avance bien.

– Tant mieux.

– Elle dit aussi que tu fais ça pour la bonne cause.

Malaise.

– Je ne connais pas beaucoup de jeunes prêts comme toi à se dévouer comme tu le fais.

Malaise croissant.

– D'habitude, c'est le contraire, soupire le monsieur. Les gens ne font jamais rien pour rien. Moi, par exemple.

Si tu savais le nombre de laissez-passer pour IMAX qu'on vient me quémander chaque semaine.

Malaise profond. Et c'est ici que les choses se gâtent pour vrai.

– Mais dis-moi, Daphné, pourquoi précisément Roxane ? Il doit bien y avoir des élèves à aider dans ta classe.

– Sidonie Poulain et Eugène Blouin. Sidonie, c'est la pire.

– Alors pourquoi ne pas l'aider, elle ?

– Euh… À cause de ma sœur.

– Ta sœur ?

– Elle aussi, elle est poch… elle aussi, elle a des difficultés en français et elle croit que je peux pas l'aider. J'ai voulu lui prouver le contraire. On a parié sur Roxane.

– C'est-à-dire ?

– Si j'arrive à faire passer Roxane pour son examen de fin d'année en français, ma sœur m'offre un livre sur les cyclones. J'adooooore les cyclones.

Petit froncement de sourcils. Je fixe le tapis.

– Roxane t'a dit que si elle réussissait à avoir 70 en français, je lui offrais un iPad 2 ?

– Oui.

– Je fais un marché avec toi, Daphné. Un autre ?

– Si Rox réussit à décrocher un 80, je t'offre un iPad à toi aussi.

– Impossible ! je dis. Je pourrai jamais. Elle non plus. On avance, mais pas tant que ça. J'ai beau m'acharner sur les verbes, Roxane veut rien savoir du subjonctif présent. Elle dit que c'est du chinois et que même les Chinois n'en veulent pas.

Qu'on se le dise : pour la négociation, je suis nulle.

– Je ne veux pas d'iPad, monsieur Sanfaçon.

– Non ?

Son ton est nettement moins convivial.

– Je ne veux pas d'iPad, je veux IMAX comme tout le monde, mais je ne veux pas demander parce que ce n'est pas dans ma nature et parce que j'aurais bien aimé faire tout ça pour rien.

Il y a un petit silence embarrassé. Alors je lui déballe le reste. Le rhume de cerveau, la sève qui monte ou qui descend, le pari stupide, les deux guitares et les satanées lignes droites.

– Oh !

Il reste un moment silencieux.

– Je vois, dit-il.

Moi, je ne vois plus rien. Il sourit.

– Bon, alors, allons-y pour IMAX. Deux laissez-passer, ça te va ?

– TROIS !

– D'accord pour trois. Et 70 % pour Roxane ?

– Oui.

– Tope là, Daphné.

– Topez là, monsieur Sanfaçon.

Roxane a décroché un 71 à son examen de fin d'année. Elle a eu son iPad2 mais a complètement oublié le livre sur les cyclones. Monsieur Sanfaçon m'a remis une enveloppe cachetée renfermant les trois laissez-passer pour IMAX.

En arrivant chez moi, j'ai ouvert l'enveloppe. À l'intérieur, il y avait un petit mot: *Pour t'aider à y voir plus clair. Merci pour tout, Daphné. G. Sanfaçon.* J'ai regardé les billets: *Voyage au cœur du corps humain. Une odyssée fabuleuse en 3D.*

L'été nous est tombé dessus d'un coup. Il fait chaud, il fait beau, l'année est terminée. Sandrine, Tatiana et moi, on est devant le cinéma. Avec l'argent ramassé par terre, j'offre le *pop-corn*.

– Vous savez que les cyclones se déplacent sur des milliers de kilomètres à une vitesse moyenne de 20 kilomètres à l'heure?

– Daphné...

– Il paraît qu'à l'intérieur de l'œil d'un cyclone, il y a presque pas de précipitations. Il paraît que des fois, on peut même voir le bleu du ciel ou les étoiles. Il paraît qu'il fait chaud, aussi. À cause de la compression de l'air.

– Oublie les cyclones, Daphné.

Je referme mon livre. Le livre que je me suis acheté.

– J'ai fait tout ça pour rien.

– Pas pour rien. Nous, on est super contentes, proteste Sandrine.

– Comment ça se fait que ça n'a pas fonctionné ? J'ai beau chercher, je trouve pas.

– Oublie ça, Daphné. Ça sert plus à rien, maintenant.

– Et puis l'important, ajoute Tatiana, ce n'est pas de trouver, mais de chercher.

Quand je vous disais qu'elle allait la placer, celle-là !

– Trois mois passés à aider Roxane Sanfaçon ! Elle savait que j'aimais les cyclones. Son père aussi, d'ailleurs !

– Il a pas dû comprendre, Daphné. Ou alors il a compris autre chose. Tu lui aurais pas parlé du pari, par hasard ?

– Mouais, comme ça, en passant.

Je les suis, morose. On s'installe dans la sixième rangée « pour ne pas rater les effets 3D », dit Sandrine. La salle est à moitié vide. Le film commence. Il fait trop noir pour lire. Je ferme les yeux en espérant dormir.

Quand je les rouvre, je ne reconnais rien. On est à l'intérieur de quelque chose, une espèce de gros cylindre mou parcouru de minuscules rivières rouges qui se déversent dans d'autres rivières plus grandes, avec des relais, des connexions. Tout cela coule, paisiblement, inlassablement, vers une grosse pompe qui aspire les rivières et les renvoie à leur source pour irriguer les tentacules du cylindre, les mains, les pieds, jusqu'à cette sphère tout en haut, avec ses milliards de neurones à nourrir. *L'intérieur du corps humain*, dit le commentateur, *ce mystérieux morceau d'étoile tombé sur terre. Capable des plus furieuses tempêtes comme des plus grandes accalmies. Tout s'y déroule selon un rythme prévisible, immuable. Voyage fabuleux, qui assure la suite du monde, le renouvellement de la vie.*

Je me penche vers Sandrine.

– Il paraît que ce gros machin-là peut se déplacer sur des milliers de kilomètres, lui aussi.

– Chut, Daphné!

– Il paraît qu'il y a presque pas de précipitations à l'intérieur et qu'il y fait chaud.

– Chuuuut!

– Il paraît aussi que, par beau temps, si on incline la grosse sphère en haut du cylindre, on peut voir le bleu du ciel et les étoiles.

Le Trio rigolo

AUTEURS ET PERSONNAGES :

JOHANNE MERCIER – LAURENCE
REYNALD CANTIN – YO
HÉLÈNE VACHON – DAPHNÉ

ILLUSTRATRICE : MAY ROUSSEAU

www.triorigolo.ca

MARQUIS

Québec, Canada

RECYCLÉ
Papier fait à partir
de matériaux recyclés
FSC® C103567